十人十色 青柿

柴田浩幸
SHIBATA Hiroyuki

文芸社

気がついたのは、麻井が先のようだった。

目が合った。

水上《みずかみ》は軽く頭《こうべ》を垂れた。

取引先ならば普通の仕草である。

麻井は無表情に、水上からの視線を外した。

そして、身体の向きを鋭角に変え、誰もいないガラス張りの部屋へ入った。

以前は喫煙室だった場所である。

再びちらりとこちらを見たが、その目は威嚇するような、それでいて、怯えているようにも見えた。

麻井は、昨年が定年であった。

金鯱《きんこ》物産の駿河支店長を務めていた。

水上は接客してくれた若い社員に、麻井の現状を尋ねた。

年明けから、支店長付きで、顧客担当の任に着いているという。

顧客担当とは、支店長・課長時代の人間関係を生かして、現役社員を応援する仕事である。現場で困ったことが起こると、恩顧の繋がりを頼りに、問題解決を期待されている。

しかし、若い社員は、

「誰も頼りにしませんよ」と、麻井のことを突き放した。

商談が終わった水上は、ガラス張りの部屋を覗いてみた。

そこに麻井はいなかった。

どこか後味が悪かった。

正直、不快感も残っていた。

再雇用者の中には、麻井のように、時に気まずい態度を示す者もいる。

人生百年の時代に、再雇用は一般的である。

多くの人が再雇用を選択する。

社会も会社もそれを受け入れ、昨今では、期間の延長も視野に入っている。

だが現実には、我慢と無力感に覆われている再雇用者も少なくなく、制度の運用と実態に大きな乖離も見受けられる。

もちろん、本人の気持ち次第で変えられることもあるのだが、麻井の態度は難しい事情を反映している。

とはいえ、社内と社外の分別は必要である。

麻井の所作は取引先の人間に見せるものではない。

社会人、社員としての役割を放棄している。

手厳しいが、水上にはそう思われた。


その水上も、麻井と同年齢で、昨年、定年を迎えている。

時には、軽んじられることもあるが、わきまえた態度はとっている。

もちろん、水上も麻井のような思いを、誰かには与えているかもしれない。

人の見方は百人百様である。

麻井と同い年と言えば、金鯱物産の社長もそうである。

水上も面識のある人で、石原さんと言う。

入社時の色紙に、将来の夢を社長と記し、それを実現した人である。

そのエピソードを人事部が公開したため、多くの人が知っている。

世の中には案外、自分の夢を叶えた人もいるものである。

麻井も水上も、そして石原社長も社会人の始まりは同じだった。

誰しも「初心を忘れない」と、何度かは唱えていた。しかし、その言葉を実践できた者と、そうでない者とでは、何かが違っていた。


定年を迎えるなど、人生の節目に立つと、わかることがある。

そして、区切りとして定年を迎え、これからどうしますか？

そう聞かれたら、多くの人は、就労意欲があり、環境が許すなら、働き続けていたいと答えている。世の中と接していたいのだ。

水上に届く先輩たちからの便りには、白いままの予定表を埋める苦労と、社会から刺激を受けたいという、渇きにも似た感情に難渋していると、切実な思いが記されている。

石原社長は、自らが席を譲る日まで働き続けることも可能だ。

再雇用者も、契約を更新して就業を続ける。

会社組織から離れても、本人の意思で、社会と繋がり続けることができる。

誰もが社会と接し、誰かの役に立ちたいと思っている。

だが、時代は冷たくもなっている。

社会は複雑となり、思うようにならないことも多い。
特に、新業態へと変化すると、再雇用者は強い向かい風を受ける。
その内に不安や不満も生まれてくる。
水上も多くの先輩、再雇用者を見て、感じている。
向かい風が吹きつけるのも、不安や不満が生じるのにも理由がある。
現在地を決めたものがある。これからの住所を決めるものがある。
それは本人の考え方と生きざまに帰結する。
無論、再雇用者だけの話でもない。
全ての者に社会での有りようが問われている。
「初心を忘れない」
十人十色、定年を過ぎれば再びそれぞれの初心が始まっている。

再雇用者となり驚くこと、それは経済状況の変化である。
給与は半分から三分の一となる。
同じ業務内容ならば、日常の変化は少ないが、給与明細を見ると力も抜ける。
加えて、その日が近づき、そして過ぎると、取り巻く空気は大きく変化する。

人は評価と評定、認可の力を持たない者に、わかりやすい態度を示す。

そして、その力をより持っていた者には、結構辛い環境を用意している。

そんな境遇に反発して、俺はここにいると誇示してしまう、悟らない再雇用者も生まれてくる。

彼らはごもっともな反対意見や、目立つほどの怠慢な就業態度をとる。

そんな再雇用者の姿を見て、中堅や若手も一定の理解と同情を示すが、その内に、そして度が過ぎると、終わった人の遠吠えとして、耳も貸さなくなる。

本人に残るのは無力感だけである。

無力感は割り切りに、そして諦めに変化し、やがては寡黙な人となり、寂しく退社する者もいる。

一方で、従来とは異なった職場に就くのも大変なことである。

「はじめてなので」の挨拶期間は、あっという間に過ぎていく。

組織は役立つ人を求める。

必要とされるのは人材である。

現場の要領がわからないだけに、高位の役職にあった者ほど孤立感を深める。

なんとか存在感を示そうと、昔の伝手《つて》を頼ってはみるが、思っていたほどには、世の中は甘くないことも知る。
現役時代は周りの者に対して、見下していた自分が空虚に思える。
「結果を求めます」と、当人たちは忘れている。
進歩は若者だけの特権ではない。
進歩とは挑戦と学習の歴史であることを、当人たちは忘れている。
再雇用者の現実も厳しいものなのだ。

水上は変化の少ない再雇用者である。
昨日までの水上が、ほぼ継続されている。
専門的な業務がその理由にある。
役割と責任、居場所も確保されている。
社外の立ち位置にも恵まれている。
それでも戸惑いは少なくない。
粗削りだが、それなりの工夫で、周囲との関係、距離感を作り上げている。
そのうちに余裕も生まれ、節目としていた行事に取り掛かろうと思った。
定年を迎えたらと、早いうちに決めていた。

時が流れてしまうと、後回しにできないことだった。

けじめもつけておきたかった。

それは薫陶を受けた恩人への挨拶である。

恩人の名は町畑と言う。

年齢は一回り以上も違うが、とても波長が合った。

水上は、桜の季節が新緑へと変わる頃、町畑の下を訪ねて行った。


その町畑は、奈良県の大和盆地に住んでいる。

古都奈良も、名古屋からの特急電車に乗れば、案外近い距離にある。

だがその日、水上は時間に余裕を持たせて、朝早くに出発した。道すがら寄り道をするためであった。

学生時代に歩いた、「山の辺の道」を一部でも見ておきたかったのだ。

「山の辺の道」は、日本で最古の道だと言われている。

当時の水上は、桜井駅から天理駅まで、一日をかけ、その道のりを歩いた。

沿道には陵墓や神社、寺跡が多くあり、遠い昔を偲ばせた。

桜が咲き始める頃だった。

翌月から就職を控えていたが、花の季節に、目を向けることもなかった。

その頃の水上は、新しい生活に胸を躍らせるどころか、もうしばらく学生生活を続けていたいと、悶々とした思いの中にいた。

そんな水上を「山の辺の道」に誘ったのは、同級生の鶴田だった。

ユースホステルに泊まる二泊三日の旅、その旅は水上のこころを軽くした。

水上には忘れられない光景がある。

その眺望は、緩い坂をしばらく登り、視野が開けた瞬間に飛び込んできた。

青い垣根が幾十にも重なる山々があった。

「たたなづく　青垣　山籠れる」

万葉の昔を見た気がした。

学校での授業が突然に身近なものとなった。

何かとても嬉しい気分になったのだ。

あの旅から三十八年になる。

町畑が大和に住んでいるのも偶然だろうか。

社会に出たくない迷いの旅と、その区切りの報告が大和の地なのだ。

水上は思い出の場所を駆け足でまわり、町畑の家に向かった。

玄関で来訪のチャイムを鳴らすと、町畑本人と夫人が出迎えてくれた。

すっかりご無沙汰していて、久しぶりの再会であった。

町畑は縦にも横にも大柄な体格だった。

とはいえ、往時からは小さくなったと感じた。

「長いこと、ご無沙汰して申し訳ありません」

水上が深々と頭を下げると、

「痩せたな。苦労しているのか」と、相変わらずの甲高い声が返ってきた。

水上も当時からは相当に痩せている。

小さくなったのは水上も同じであった。

止まっていた時間と進んだ時間が溶け合い、ほのかに揺れていた。

春のやわらかい風が吹いている。

町畑の家は、畑に囲まれ、大和三山を見渡す、日当たりの良い場所にある。

何年か前の年賀状でも、野菜の自給自足が可能になるなど、畑仕事に精を出しているると記してあった。

水上は玄関から居間に通された。

ここからの景色が一番素晴らしいという。

肘掛椅子が二つ、向かい合っていた。

少し猫背になった町畑が、ゆっくりとした動作で着座した。

その後、夫人がお茶と和菓子を運んでくれた。

水上も名古屋からのお土産を差し出した。

久々の対面のせいか、思いのほか水上は緊張していた。

少しの間、二人は目を合わせるのを躊躇《ためら》っていた。

こんな場合、年長者には役割がある。

町畑はゆっくりと、少し体を乗り出し、

「定年まで、長くなかっただろう」と、経験者からの労いを込めて、水上に話しかけた。

水上は、幾つかの出来事を辿ってみると、案外長くも感じている、と答えた。

同じ定年を迎えていても、二人にはその後に大きな違いがあった。

町畑は定年で退職、奈良に戻り、文字通り、晴耕雨読の生活を送っていた。

会社を離れ、地域のコミュニティに参加するなど、社会との接点も保っている。

水上の日常は、定年前とほぼ同じ、会社勤務の毎日である。
下向き加減の水上が、ふっと顔を上げると、町畑は次の言葉を探しているようだった。
口の中で何事か呟いている。
水上は気持ちの昂ぶりから、喉の渇きを覚えていた。
どうも、何かしっくりこない。
先輩後輩、上司と部下、気の置けない関係でもあったが、何かが違う。
恐らくそれは、水上が現役の匂いを残していることだった。
定年を迎えても背広を着ている水上に、町畑の方が戸惑っていた。
思い出話をするのか、〈現役社員〉への助言をするのか。
確かなのは、水上は今日も、町畑の話が聞きたい、ということだった。
水上は一口、お茶を含んだ。何かきっかけが欲しかった。
清々しい香りに温かみを感じた。
「お、美味しい」と、水上が唸ると、
そうだろうと町畑は表情を緩め、名産の大和茶だと教えてくれた。

やっと会話が繋がりそうだ。

安堵もしたが、古都の香りとは対照的に、名古屋名物を派手な包装で持参した水上は、少し照れ臭かった。

町畑もお茶を手にした。

ごくりと飲み込み、遠くに目を遣った。

「現役時代は何点だった？」

町畑が静かに問うた。

その顔は往時の町畑だった。

やさしい物言いだが、難しい質問でもあった。

水上は、はたと腕を組んだ。

うーむと少し唸ったあと、

「八十点はないです。七十点の後半くらい」と、茶目っ気のある顔を返した。

一般的に、こうした設問への自己採点は甘くなるものだ。

町畑もそう思ったか、

「結構、高い点数だな」と感想を述べた。

「それなりにマイウェイでした」と、水上も応じる。

かっかと、町畑は笑いながら、水上はマイウェイが可能な人間だからと、昔話を引き合いに出した。

そして、少し身を捩《よじ》って、

「では、何色の人生だ？」と聞いてきた。

町畑は、人生を色彩で質問した。

人は多くの色に囲まれている。

そして様々な色を発している。

その彩りに幸福を感じ、反対に違和感を覚えたりする。

水上に、人生を色に例えよと言うのだ。

またしても腕を組む水上。

唸り声だけで、次の言葉が出ない。

ふっと、ある色を浮かべてみるが、そうでもない気にもなる。

また違う色を思いつくが、消えてしまう。

考えるほどに、なかなかの難問で閉口してしまった。

少し姿勢を変え、目線を外に向けてみた。

サッシの窓から、遠くに鳥が回遊しているのが見えた。

鳶だろうか。
鳥のように高い所から俯瞰できれば、答えもわかるかもしれない。
そんなことを思いながら、瞳を上下斜めに動かして、水上の思案は続いた。
町畑は黙って水上を見つめていた。
鳥が視野から消えた。
すると突然に、水上の目線が町畑の顔を捉えた。
水上はにこりと笑みを浮かべ、
「では、僕は何色に見えていますか？」と、逆に質問を返した。
一瞬の間を置き、
「そうきたか」と、町畑は体をゆすって笑った。
町畑と水上、会話の距離は昔のままだった。
今度は水上が町畑を覗き込んだ。
すると町畑は、意外な答えを示した。
「朝霧から覗く青空かな」
「え、青空？」
今日は定年の挨拶にやってきたのだ。

夕暮れの黄昏色ではあるまいか。
青色と言われると、さすがに恥ずかしく、困惑した。
ちなみに、朝霧は勤務先の名前でもある。
町畑は、会社の名前と朝霧を重ねているのだろうか。
会話は禅問答のように進んでいく。
社内ではそれを嫌う者もいたが、水上はむしろ、楽しむ方だった。
額面通りに自分は青いのか。青臭いのか。
水上はその意味を量りかねた。
眉間に皺を寄せる水上に、
「これからも先は長いぞ」と、町畑は莞爾《かんじ》として笑い、次の質問をした。
青空の意味を補足するためである。
その問いは、身近な再雇用者は何色に見えているのか、というものであった。
水上が真っ先に思ったのは、麻井である。
麻井は最近顔を合わせただけでなく、連想する対象としても象徴的だった。
得意先の再雇用者だと断って、麻井のことを話した。
麻井は威嚇するような目をしたかと思えば、気にもとめない態度をとる。

刺々しい空気に包まれているせいか、社内の評判も良くないようである。

とても明るい色が想像できる人ではないと、少し感情的にもなって、その人となりを話した。

薄目で町畑が呟く。

「こころが不安定な人だな」

「何かを避けていると思いました」

水上がそう応じると、町畑は頷いた。

内面の不安定な人は無関係を装わない。

防御の姿勢で関心も示している。

恐らく苦い経験を持っている。

誰かに強く拒否されたことがあるのだろう。

町畑はそう語った。

あの時、鋭角に向きを変え、
逃げ込むようにガラス張りの部屋に入ったのは、
防御の姿勢だったのか。

威嚇の目は不安の気持ちの表れである。

町畑はゆっくりと姿勢を正し、そうした人の態度は優越感に縛られている。その優越感を生み出す劣等感を考えること、そして、劣等感を緇くことで、その人のこころも明るく変わることができると、処方箋も示した。

そう聞いて、水上も麻井について考え直してみた。

町畑は話を進める。

「劣等感のある人は強がるか、人を避けるものだ」

麻井の態度は正にそうだと合点もするが、水上にも思い当たる節がある。

再雇用者のほとんどに適合する話ではないだろうか。

社内でも思い当たる人は少なくない。

例えば、一昨年から再雇用になった村山だ。

会議になると「存在感」を示す。

はじめは正論を述べている。

みなも村山の話を聞いている。

それが、途中からは会社批判に変わり、興奮で発言の中身を失ってしまう。

昨今は形骸化した会議も多い。

本音で語ることも求められるが、会議を存在誇示の場とされるのも、至極迷惑な話である。

一方で、とにかく、人を避ける者もいる。

村山と同期の日野だ。

何かと理由をつけて会議に出てこない。

出社も人目を避け、中途半端な時間帯が多い。

二人は典型的に劣等感を隠せない人である。


町畑が水上に聞く。

「そうした人の共通点は何だと思う？」

またしても水上は腕を組み、目を瞑る。

今度は大きく唸り声を出す。

今日は何度同じ姿勢をとっているのか。

もう一度、周囲の人たちを思い浮かべ、答えを探す。

時々目を開け、また閉じ、今度は目線を庭に移す。

そんなことを数度繰り返していると、つがいの蝶々が舞っているのに気がついた。
ゆらゆらと遠ざかったり近づいたりする。
やがて、蝶々は互いに離れていった。
すると水上、はたと手を打った。
勢いをつけて、「群れません」と一言、斧を下すように答えた。
町畑の表情が正解だと、語っている。
町畑は聞く。
「何故、劣等感のある人は群れないと思う?」
「群れる必要がないからです」
「そうだ、もう少し詳しく」
続けて、水上は答える。
再雇用者は年度契約者である。
社内に坂の上の雲があるわけではない。
群れることに、不自然さも感じてきた。
便宜的呼称は与えられるが、役割や責任も不明確・不安定な場合が多い。
どの会社も曖昧な処遇が残っているため、微妙な融通性も併せ持つ。

郵便はがき

料金受取人払郵便

新宿局承認

7553

差出有効期間
2024年1月
31日まで
(切手不要)

160-8791

141

東京都新宿区新宿1－10－1
(株)文芸社
愛読者カード係 行

ふりがな お名前				明治 大正 昭和 平成	年生 歳
ふりがな ご住所	□□□-□□□□			性別 男・女	
お電話 番 号	(書籍ご注文の際に必要です)	ご職業			
E-mail					
ご購読雑誌(複数可)			ご購読新聞 新聞		

最近読んでおもしろかった本や今後、とりあげてほしいテーマをお教えください。

ご自分の研究成果や経験、お考え等を出版してみたいというお気持ちはありますか。

ある　　ない　　内容・テーマ(　　　)

現在完成した作品をお持ちですか。

ある　　ない　　ジャンル・原稿量(　　　)

<table>
<tr><td>書　名</td><td colspan="4"></td></tr>
<tr><td rowspan="2">お買上
書　店</td><td rowspan="2">都道
府県</td><td rowspan="2">市区
郡</td><td>書店名</td><td>書店</td></tr>
<tr><td>ご購入日</td><td>年　月　日</td></tr>
</table>

本書をどこでお知りになりましたか?

1.書店店頭　2.知人にすすめられて　3.インターネット(サイト名　　　)

4.DMハガキ　5.広告、記事を見て(新聞、雑誌名　　　)

上の質問に関連して、ご購入の決め手となったのは?

1.タイトル　2.著者　3.内容　4.カバーデザイン　5.帯

その他ご自由にお書きください。

(　　　)

本書についてのご意見、ご感想をお聞かせください。

①内容について

②カバー、タイトル、帯について

弊社Webサイトからもご意見、ご感想をお寄せいただけます。

ご協力ありがとうございました。

※お寄せいただいたご意見、ご感想は新聞広告等で匿名にて使わせていただくことがあります。

※お客様の個人情報は、小社からの連絡のみに使用します。社外に提供することは一切ありません。

そして自分自身が組織に失望している。
権力を失えば人は集まらないことも知った。
組織や権力には期限があり、それらは幻であると、痛感させられている。
そうした者からプラス思考は生まれてこない。
マイナスの磁石は反発し合う。
都合が悪くなると磁極に変化も起こるが、引き合うことはない。
水上は自分も含めてと自嘲して、群れる必要のない同世代について語った。
「お前も学んだな」
町畑は静かに笑っているが、その目は悲しそうに見えた。
そして、少し間をおき、水上の答えに言葉を重ねた。
一般的に人は群れたがるものである。
群れることは受け身であるが、そのことに当人たちは気がついていない。
群れることで褒めてもらえる。
群れさすことで、満足感が湧き、優越感も感じる。
群れの行動で、それぞれの立場が不安から免れることができている。
だが、群れる行為は何かに従う行為であり、考えた行動でもない。

考えることのなかった者が、群れる場所と理由がなくなった時、特に、再雇用者などは、状況の変化を見失うことが多い。

権力を失い、人が集まらなくなった自分、それは自らの作品なのだと、後になって悟るのである。

「群れた人ほど格差に戸惑うものだ」

町畑はサラリーマン社会を気遣った。

昼を軽く噛んで、水上が聞いた。

「群れている人はどんな色なのでしょう」

人生を色彩で語る町畑への質問である。

すると町畑は、顎に手を当て、決して鮮やかな色ではないと、答えた。

不安から逃れようとする人の理由は、それぞれにある。

周囲の環境や個別の事情もある。

本人の性格にも依るだろう。

だが、群れる気持ちに前向きな色はない。

美しい色ではないと、町畑は言い切った。

聞いていて、とても辛い話である。

だが、それはそれで、正しい指摘なのだとも思う。

多くの色を集めても、明るくはならないのだから。


水上が塞ぎこんだ表情をすると、さすがに、その気持ちを察してか、町畑も少し話題の向きを変えた。

「反対に頼られている再雇用者は思い浮かばないか」

そう質した。

考えてみれば頼られている人もいる。

金鯱物産の武井だ。前の岐阜支店長である。

営業のサポートが主な仕事だという。

水上が同僚社員と商談に出向く度、すぐに挨拶にやってくる。

後任者、元部下たちも武井を頼る。

支店長席から離れた末席にいるが、座りがとても良い人だ。

違和感がなく、貫禄も感じる。

水上は町畑に、武井のことを紹介した。

武井の話を聞くと、その人は自分を曝け出した人だと、町畑は言った。

今では支店長でもない。権力もない。
自分には口しかないのだと笑っている。
水上は武井のことを昔からよく知っている。
町畑の見立てに間違いはないだろう。
確かに武井は群れる人でもない。
町畑の話に納得しつつ、
「武井さんに劣等感はないのでしょうか？」と、水上は聞いた。
自然に浮かんだ疑問である。
町畑は、軽く首を横に振りながら答えた。
劣等感は誰しもが持つものだ。
劣等感とは事実を認めない弱さでもある。
その人のこころの狭さから生じている。
武井にも当然、劣等感はある。
マイナスの感情は普通に湧いている。
そう答えて、更に続けた。
だが、彼は自分をコントロールできるのだ。

言動にマイナスの感情を持ち込まない。
だから、相手が怖くない。敵意も生まれない。
虚勢も張らないだろう。
当然、人に話しかけ、話しかけられる。
ひとり立ちしているのだと、武井を評した。
そして、軽く握った拳で小さく机を叩き、
「劣等感から解放されるためには、ひとり立ちすること」と断言した。
町畑の考えるひとり立ち、それは、自分の欲求を相手に求めないこと。
疎外感を持たないこと。
断っても、断られても気にしない明るさを持つこと。
この三つが基本の姿勢だと言う。
では、対極に思いがちな、麻井の場合はどうだろうかと、水上は考えた。
麻井は群れていた人である。
恐らく階級社会での不安から、自分を押し殺していたのだろう。
今は縦のラインから解放され、新たな不満と不安が彼を覆っている。
もしかしたら、縦の世界の呪縛は消えていないのかもしれない。

麻井の姿は、第三者から見れば、生き方上手ではない。
水上を見て、とっさにとった行動も、何かマイナスの感情が湧いたのであろう。
誰しも、そうした感情の制御は難しいことだと思う。
そこで会話が途切れた。
水上は深く静かに呼吸をした。
そして、湯呑に手を掛けた。
ところが、その中は空になっていた。
それに気がついた町畑、大きな声で催促した。
返事がしてすぐに、珈琲が運ばれてきた。
「勉強させていただいております」
水上は夫人にお礼を言った。
夫人はにこりとして、軽くお辞儀をした。
水上はほっとした。
珈琲を啜る。長閑な日差しを感じた。

一服すると話題は、町畑の日常生活へと移った。

収入は年金、食する農作物は自給自足、朝は大和盆地を散歩、昼間は畑に出て、夜は読書、夫人との旅行が楽しみだと言う。

町畑は昔から簡素簡略を説いていた。

水上は思った。

町畑は幸福な暮らしを自給自足している。

社会との繋がりを説く一方で、自らはまた趣の異なる生活を実現している。

これもひとつの生き方である。

ただ、水上には忘れられないことがある。

町畑の暮らしに、その過去が溶け込んでいるのも確かである。

水上はそのことをよく知っている。

その過去とは、町畑にも及んだ社内での不祥事である。

事件の顛末は町畑の人となりを表すものとなった。

当時の町畑は、本社で中心的役割を担っていた。

権限で火の粉を振り払うこともできたが、町畑は部下を庇った。

結果、専務本部長を目前にして、失脚の憂き目にあってしまった。

町畑は責任の持ち方で自分の生き様を示した。

内輪の送別会で、町畑が話したことがある。
何故、あそこまで庇ったのか、他の対応もあったのではないか。
惜しむ人からよく言われたそうだ。
町畑も悩んだらしいが、その結論は、
「寝覚めの悪いことはしたくない」というものだった。
水上はこの話を思い出す度に、胸が締めつけられる。
町畑が定年を機に会社と距離をとったのも、この事件が影響している。
会社と関わりを続ける選択肢もあったと聞く。
その無念の思いが、水上をはじめ、慕ってくる者に、応援歌を贈っている。
学び、輝き続けろ、そう言ってくれている。

日の光が変化した。そろそろ春の日が傾き始めたようだ。
頃合いの時間である。
名残は尽きないが、場を辞することにした。
水上は、玄関先で深く頭を下げ、
「青色の時間を大切にします」と、感謝を込めた挨拶をした。

不思議そうな様子の夫人を他所に、
「そうだ。お前は青い」と、町畑も力の入った声を返した。
次に会う時までの約束である。
水上はもう一度、深々とお辞儀をすると、
「またお邪魔します」と、帰路に就いた。
一瞬、雲がかかったせいか、暗くなったように思われた。
水上は、急ぎ名古屋行の特急電車に乗り、指定の座席に着座した。
聞き足りない授業を後にしてきた、そんな心地であった。
電車に乗ると、窓からは大和盆地に夕焼けが見えた。
次回は、青垣を望む坂道も登ってみたい。
墳墓や寺社も訪ねてみたい。
文庫本も開いていたが、目は文字を追わなかった。
流れる景色を見ていた。
車内アナウンスが何かを伝えているが、上の空だった。
思いは遠くに駆けていた。
水上の瞳は、遠い時代の「山の辺の道」を見ていたのだ。

学生時代最後の旅、その風景が甦っていた。

地図を片手に、リュックを背負い、帽子をかぶった二人。

鶴田と水上である。

悶々と塞ぎがちな水上とは対照的に、鶴田は確かな目で将来を見据えていた。

好きな寺跡観察にも時間をかけていた。

水上は黙って鶴田の後ろを歩いていた。

思うような進路に進めなかった。

日々の努力を疎かにしたために、こんな勉強をしていましたと、希望先に話せなかった。

将来の不安を抱いていた水上には、なんの光沢もなかったはずだ。

空から見下ろせば、二人は違う色彩を放っていたはずである。

今度は違った自分でいたい。

鶴田の背で、そう思っていた。

町畑が口酸っぱく話していた。

学ぶ姿勢、不断の努力の違いが、現在地であり、これからの住所となる。

学習に早すぎることはない。

遅すぎることもない。

水上はそう思った。改めて思った。

経済界の重鎮の言葉がある。

「仕事で人間を磨く」

仕事は人と繋がる場所である。

世の中と関わり続ける気持ちを継続して、必要とされる人間になりなさい。

必要とされるために人間を磨く努力をしなさい、そう諭した言葉である。

誰もが、努力する機会を持っている。

可能性が広がる青色を帯びている。

随分と昔に読んだ本にも、

「世の中は自分を磨くための磨き石」と教えていた。

その本には、人は世の中から恩恵を受けている。

だから世の中に報いなくてはいけない。

報いることが人間を磨くことになる、と結んであった。

自らを磨き、世の中に報いる場として、仕事に就けること、それはありがたいことなのだ。

再雇用、再挑戦の機会に恵まれることは幸せなことである。


気がつけば、外の景色は一層暗くなっていた。

電灯の光が後方に走っていく。

ぼんやりと光を追い、薄暗な世界を眺めていると、微かな不安が生まれてきた。

突然、ガラスに映る自分の顔と目が合った。

理想と現実が衝突した感覚だった。

その時、思わず独り言が口をついた。

「場と機会は確かにある。でも厳しいかな」

もちろん、本人の気持ち次第の部分もあるが、水上がそう思ったのは社会の変化である。

世の中がジョブ型雇用に変わっているのだ。

専門性を有さない者には、厳しい時代になっている。

年齢だけの問題ではないが、定年前後の世代には特にそうである。

水上も、今に限れば、専門性に救われている。

それは卒業時の後悔の「お陰」でもある。

しかし、これからも安泰というわけではない。
水上も努力を怠るわけにはいかない。
社会は毎日、進歩しているのだ。
歩みを止めたら状況は変わってしまう。
学習と進歩は、全世代で常の課題である。
努力の継続が大切なのだ。

とはいえ、全てが報われるわけでもない。
定年前後の世代が、若い世代に伍することができるほど、世の中は甘くない。
そこで見倣いたいのは、武井の生き方である。
年輪を重ねた者こそ、理解しやすい話である。
武井の周りには人が集まっている。
何かと頼りにされている。
それは何故だろう。
何よりも彼には活力を感じる。
武井の周囲には会話がある。

彼の活力の源は会話にある。
会話がなければ自分を磨くこともできない。
武井はそれに気がついている。
会話ができる人間関係を構築している。
努力して作っている。
後輩たちも武井を応援している。
何より、武井と後輩たちは、みな楽しそうだ。
そんな姿になるにはどうすればよいのか。
見栄を張らないこと、弱さや脆さを隠さないことである。
大人の距離で本音を見せれば、周囲の警戒や緊張感を解くこともできる。
通常、役職者が苦手なのはこころを開くことである。
多くの再雇用者も同様である。
どこかに虚勢があると、難しい話である。
若い時にしか歌えない歌もあるが、
年を重ねないと上手く歌えない歌もある。
齢とともに上手くなる歌とは、飾らないこころで歌う歌である。

電車が踏切を横切った。
遮断機の遠い音が郷愁を誘う。
今はどのあたりを走っているのだろうか。
街の明かりが見えなくなっている。
電車は県境の山間に入ったようだ。
外は真っ暗闇である。
こころが沈んでいくようであった。
暗闇には怖れとか不安の感覚が伴う。
水上は暗闇から学んだこともあった。
暗闇の世界に自分を見失った経験があるのだ。
その経験は山でのものである。
車窓の闇にその出来事が思い出された。
水上は入社すると、登山に興味を持ち始めた。
誰かに手ほどきを受けるでもなく、可能な山には挑戦していた。
だが、水上には短所があった。

歩行速度が遅い。頂上から引き返す時など、「急がないと日が暮れる」と強く注意されたものだ。それも一度や二度の話ではなかった。

幸い、大事には至っていないが、危ない思い、冷や汗をかいた体験を思い出すと、身震いすることもある。

恐怖の域まで達したのは中央アルプス、空木岳《うつぎだけ》の登山であった。

登山口から頂上まで、頂上から登山口までの往復は、日照時間の全てを使う、ぎりぎりの山行計画だった。

日の出前に登山口の駐車場に到着、山道が識別できる明るさを確認すると、早速に登山を開始した。

いつもの起床時間の頃には、相当な高度まで登っていた。

最初の水場では、丸太から透明な水が溢れていた。

そこで飲んだ水の冷たさに爽快さを感じた。

案外早くに登頂できそうだ。

不安視していた時間との闘いは避けられる、そんな気持ちも生まれていた。

森林限界を経て、オベリスクを通り過ぎる。

そして、一気に頂上を目指した。

ところが、そこからが大変であった。

進んでも、進んでも、山道は続く。

頂上小屋で泊まった人であろうか、何人かとすれ違うが、単調な時間が続いた。

高度だけは確実に上がっており、空気の薄さが体力を奪っているようだった。

見上げる元気もなくなり、前も向かずに、一歩一歩、足先を見つめるばかりで、当然、景色を眺める余裕は消えていた。

無音の世界に、ぜいぜいと、自分の息遣いだけが聞こえていた。

一体いつまでと、飽きから焦りに、そのうちに怒りを超えると、何も考えていない自分に遭遇したりした。

復路を考え、下山を促す思いもたげてきた。

しかし、足先は登山口に向かない。

不安とは逆に、何かの牽引力を感じた。

背中を押されるのではなく、引き込まれていくような力だ。

もしかしてこれが陶酔した状態、クライマーズハイなのかと思った。

こうした状態は危険である。

山の知識は持っていた。

足が止まらないのは何故なのか、頂上へと引き込む力はなんなのか、不思議な感覚であった。

ただ、歩くだけの動作が続いた。

不安が頭を掠めることもなくなってきた。

そんな時だった。

ぽつんと、頂上小屋があるのを目にした。

目標を視野に入れると気持ちも軽くなり、薄い空気も気にならなくなった。

頂上小屋に到着するや、水を一気に飲んだ。

ペットボトル3本分くらいだった。

それでも体は水を求めた。

頂上から眺める山々、天空の青い空、瞬間に吹く冷気を含む風、全てが爽やかだった。

水上は眼前に広がる世界、青い空を見て、青色とは、どこまでも続く可能性の色だと思った。

小屋の主人は宿泊を勧めた。

微妙な時間域に入っていると警告した。

何故なのか、水上は楽観的だった。

下山経路を不安に思うこともなかった。

中央アルプスの天候の変化に気づいてはいたが、登頂に成功した解放感が、危険の予感を覆い隠していた。

白いカーテンが壮大な景色を遮り始めている。

ガスが山を駆け上る。

水上は頂上小屋の主人に礼を言うと、往路を戻って行った。

下山の足は傾斜が手伝ってくれた。

速度が増し、足早なのも実感した。

振り向くと頂上小屋が遥か遠くにある。

案外、大丈夫ではないかと、この時は錯覚していた。

往路では右側に見たオベリスクを、復路では左側に見て、途中の水場での休憩も短めに切り上げた。

足の親指にかかる体重を感じながら、速度は緩めなかったつもりである。

ところが、ここは通過しただろうか、こんな大きな木は見なかったと思うが……そんな感覚を繰り返すようになった。
道順を忠実に守っているはずだ。
そう自分に言い聞かせて、不安を打ち消した。
高度が低くなれば、樹木は高くなる。
場所、場所では相当に暗い所もあったが、真上を見上げ、空の青さを確認した。
もうそろそろ登山口では、と何回思っただろうか。
闇を感じると、木々の間から青空を探した。
そうして安心感を得ることを繰り返した。
登山口に近づいていると感じ始めた頃だ。
見上げた空が真っ暗であった。
空の暗さと木陰の闇が一体となった。
一瞬で全てが暗くなったのだ。
ここは高山の山中である。
時間の流れを甘く見過ぎた。
状況の変化を認めるのが遅すぎた。
そこからは危険を感じ始めた。

恐怖も生まれてきた。

歩みを止めて落ち着くべきであろうが、不安感が足を止めさせなかった。

闇に囲まれてしまった。

水上は山中の闇の中で、山だけでなく、自分自身についても学んだ。


やがて、車窓から街の光が見えてきた。

水上の回想は時間移動した。

「何故、山に？」

カウンセラーの問いに水上は瞬いた。

定年前のカウンセリングを課せられた時の話だ。

すぐさま、水上は答えた。

「不満足を感じるからです」

カウンセラーは達成感とか、そこに山があるからだという答えを想定していたようだ。

怪訝な表情を見せ、その理由を訊ねた。

水上は空木岳の話をした。

頂上に着くと360度に広がる絶景を見る。爽快な気分に覆われる。

息を整えながら、遠くの山々を見渡す。

すると、その山たちが語りかけてくる。

「私を忘れていないですか、私はここですよ」

その時に感じるのは、不満足と挑戦する気持ちであり、達成感ではないと答えた。

カウンセラーは続けて訊ねた。

「山が好きな理由はほかにありますか？」

「無我夢中です」

水上はカウンセラーを正視して答えた。

厳しい山道、薄い空気、強い日差しと冷気を帯びた風、聞こえるのは自分の息遣いだけ。

空と山の間で、我を忘れている自分に気がつく。

その瞬間は至福の時である。

水上はそんな答えをした。

カウンセラーは、

「好きなことがある。好きなことをする。それはとても良いことだ」と言った。

好きなことをする人には自分がある。

それが大切なことなのだと話してくれた。

そして水上を、

「体を動かすことで、こころは綺麗になる」と前置きをしたうえで、優しい人だと評してくれた。

優しい人は満足している。

満足している人は自分を持っている、と説明した。

カウンセラーの言葉には、当然ながら社交辞令も入っていただろう。

そして、これからも好きなことに取り組んでほしい、過程を大切にする気持ちや、失敗は同じことを繰り返さないための財産であること、それらを忘れないでほしいとコメントし、水上への注意も忘れなかった。

「成功は自信をつけません。失敗に学んでください。高い山に登っても自信はつきません」

なかなかに厳しかった。

誇らしげに語った空木岳の登山だが、あの陶酔感は評価されるものではなかった。

もし、町畑に空木岳のことを話したら、どんな感想を聞かせてくれるのだろうか。

自分を制御できず、危険に鈍感となり、前進を続けた水上をどう評するのだろう。

褒められたことではなかったと、わかっている。

だが、アドレナリンに浸ったあの時間を、何故か懐かしく思うこともある。


町畑は他にも面白い話をしてくれた。

自己制御、人間観察という観点からは、とても面白い話であった。

それは社会、人と交わるうえでの知識である。

劣等感について語る町畑に、劣等感からの行動は制御できないものかと、水上が疑問を呈した。

水上は、行動が意識に従うと考えている。

学習は意識に反映されると思っている。

劣等感に由来する行動は学習で制御できる。だから、学習の意義もある。

そんな理解でいる。
「まだまだ、修行が足りない」
世の中にはそうした言い方がある。
修行とは学習であり経験である。
劣等感に由来する行動は修行不足、水上はそう考えていた。
それに対して、町畑はそうでない場合もあると、否定した。
「意識と行動は別物の瞬間がある」
意識と行動に必ずしも因果関係があるわけではない、と町畑は言う。
そもそも、と町畑は解説した。
人は得をすることより、損をすることに敏感となる。
慣性の法則同様に、人は現状を維持する、基本的に動かない生き物である。
何故動かないのか。
人は自分を消費することが嫌いなのである。
損をしたくない。
コストを支払いたくないと考える生き物なのだ。
では、その支払いたくないものはなんなのか。

「なんだと思う？　三つくらいはわかるだろ」

町畑は試すような顔で聞いてきた。

水上はとっさに、お金だと答えた。

誰もがすぐに思いつく答えだ。

「あとは、労力・体力的なコストですか」

他にはあるか、と町畑が催促する。

「時間もそうですかね」

町畑を窺うように答える水上。

「それから？」

町畑は間を置かなかった。

なんとなく思い浮かぶものはある。

違うかもしれないとも思う。

目線を上下する水上の仕草が止まった。

ここまでかな、そんな表情の町畑、そして、指を折りながら、

「考えるコスト、気を遣うコストの二つ」と述べた。

なるほど、確かにそうである。

特に考えるコストだ。考えるためには相当なエネルギーも必要だ。ひらめきとか直観にしても、それは経験と学習のエネルギー消費が前提だ。思い通りにならない、失敗に終わった失望感も、考えるコストを意識させる。群れている人にも、考えても無駄だ、話しても仕方ない、そんなコスト意識が働いているのだろうか。

一方で、最近の人は考えなくなった。そう思うことがある。考える、活動する。それらが分業となり、現場で考えさせてもらえない。

水上は昨今の企業の姿を連想した。マーケット部は調査から分析、政策検討まで行う。営業本部は、それを現場に指示、その進捗度を確認することが役割であり、現場の営業はその指示を実行することが任務なのだ。

そしてもうひとつ、気を遣うコストも現代の課題である。ハラスメントや、対人関係が問題となる、息苦しい社会になっている。気を遣う術がわからない、気を遣うだけ損だと思う社会になっている。もちろん、損得の概念、優先度も人それぞれであり、人との関係、特にビジネスでは、得意先の立場も考え、対処することが有効である。

人に対する観察力、対応力を身につける。

それも自分を磨くことである。

町畑はそう教えてくれた。


ところが、強い感情が生まれた時、損得の意識が後回しとなり、行動が前面に出ることがあると、町畑は言う。

それが、「意識と行動は別物」ということである。

その強い感情とは社会的感情と呼ばれる自尊心や妬み、劣等感などである。

では、その強い感情はどこからくるのか。

「社会的感情は誰に教わるものだと思う？」

大きな目を水上に向けて、町畑が質問する。

「それは教わるものですか？」

水上が聞き返す。

それらは幼児期の環境から育まれる、と町畑は言う。

幼児期は人生の色合いに大きく関係する。

「それは、もしかして、お、親ですか」

水上が目を白黒させて訊ねる。

「はじめに基準を与えるのは親だ」

水上は驚きで口元の筋肉が強張っていた。

町畑は続ける。

全ては幼児期から始まっている。

泣いている時に親はどう応えてくれたか。

親の反応を自分は喜んだのか、落胆したのか、そしてその後、自分はどう考え、どうするようになったのか。

幼児期の記憶が今に継続されている。

水上は瞬時に思った。

ならば、再雇用者の存在誇示は、赤ん坊の泣き声ではないのか。

麻井の態度や、危険に鈍感になった登山、原点はそこまで遡るのか。

人生の原点は親との関わりなのか。

意識が後回しとなり、行動が前面に出てしまえば、せっかく学んだのに、と後悔することもある。

社会的感情との向き合い方は大切なのだ。

その点、武井は良い見本を示してくれている。
負の感情を上手くコントロールしている。
人は賢くなれる。
自分はどうして怒ったのか。
怒ったらどうなったのか。
どうすれば良かったのか。
これからはどうすれば良いのか。
きっと、正しく学んでもいるはずである。
人は前進する。進歩する。
人は考える葦である。
もしかしたら、その考えが青いのかもしれないが、水上はそう思った。

車内アナウンスが名古屋到着を知らせた。
水上はホームに降りた。
来し方、大和路を振り返る。
そして目礼。改札口へと向かった。

ここからは在来線に乗り換えとなる。

一旦、地下街に出た。

多くの人が思い思いの方向に進んでいる。

気のせいか、表情が硬いように感じる。

歩く人に元気を感じない。

一日の終わり、みな疲れているのだろう。

ここでも多くの人生が行き交っている。

老若男女、学習と経験を重ねる人たちである。

水上はふと思った。

人生の学習を三段階に見立てられないか。

始まりは幼児期から学生時代、次が定年前までの前期社会人、そして定年後の後期社会人である。

人には区切りが大切である。

区切りというよりけじめをつけることで、初心を思うことができる。

人生に期間を設けて、学習と反省を繰り返すことも、大切な考え方ではないか。

そんなふうに思ったのだ。

左に曲がり、今度は右に、階段を上り、在来線のホームに到着した。
常の風景が広がり、安堵感からか疲れも覚えた。
水上の降車駅は名古屋から一時間あまりのところだ。
客数も少なく、自ずと列車本数も少ない。
水上はホームのベンチに座った。
ホームからはビジネス街が見えた。
鶴田はこのビジネス街で働いている。
もう一度一緒に「山の辺の道」を歩きたい。
鶴田が旅に誘ってくれなかったら、今の会社に入社していたのかわからない。
しばらく家に閉じこもり、違う道を選んでいたかもしれない。
もしそうなら、町畑との出会いもない。
ここまでの人生、色合いも全く違っていただろう。
鶴田には感謝している。鶴田は輝き続けると思っていた。
それにしても、人生には思わぬことも待っている。
鶴田は成績も優秀、性格も温和で、全国でも有名な会社に就職した。
入社直後からその実力を見出され、将来も嘱望されていた。

バブル景気も重なり、会社も拡大していた。

ところが、そのバブルの崩壊とともに、会社の業績は一転してしまった。

会社更生法が適用された。

大規模な人員削減が敢行され、前後して鶴田は社を辞した。

その後、新しい会社でもその適応力から、確かな立ち位置を確保したが、大変な苦労と努力を要したらしい。

その鶴田も再雇用者となっている。

鶴田に比べたら、自分の時間は平和だったのかもしれない。

申し訳ない気持ちになる。

水上はもう一度、大和路の方角を見た。

いつかまた、楽しい旅をしたい。

そして次に、町畑と会った時、

「お前、変な色になったな」と怒られないように、しっかりと歩き続けたいと思った。


到着音がホームを駆け抜ける。

予定の電車が入線する。

水上が乗車すると、電車はほどなく出発した。

コトコトと線路音が心地よかった。

疲れが眠りを誘った。

水上は夢を見た。

見覚えのある会議室。名古屋支店である。

そこには、入社してしばらくの水上がいる。

一緒なのは、同期の相原、中瀬、浅村だ。

町畑が話をしている。

「会社や人の悪口を言うな。

そんなもったいない時間は使うな。

座りの良い椅子に甘えて、何もしない毎日を過ごすな。

歩いた距離は正直に差を広げる」

水上たちに檄《げき》が飛んでいた。

若い時には他人事に聞こえた話だが、夢の中とはいえ、こうして言われてみると、突き刺さるものがある。

先輩の言葉を聞いて、それぞれが、その言葉をどう反映させたかで、現在地が決まるのも人生である。

打算のない先輩の言葉は教訓である。

相原は起業して成功を収めているという。

中瀬は数年で会社を退職した。

現在、レストランを経営していると聞いた。

浅村の消息は不明だ。

同期同年齢、始まりは同じだった。

麻井も武井も同い年である。

それぞれにこれまでの時間があり、これからの時間が始まる。

後期社会人は始まっている。

初心を忘れてはいけない。

挑戦を続け、青色の光を放つことが大切なのだ。


車内に微かに揺れを感じる。

水上の意識は、夢と現実が往来している。

町畑が水上に訊ねている。

何か癇癪を起こしそうな顔である。

「それで、俺は何色なのだ」

はっきり言ってくれ。

少し怖い感じもする。

ゆっくりと目を合わせ、町畑の顔を覗き込み、にこりとした水上、いつになく自信に満ちた表情で答えた。

「まだ、大和の柿は熟していませんよ」

「えっ……」

町畑は一瞬間をおいて、言うな、こいつという顔で、

「そうか、食える男にはなっていないか」と眦《まなじり》を下げ、大きな声で笑った。

そしてよく聞いておけと、いそいそと水上に近寄り、

「豊かな人生を求めるならば、学習と挑戦を続けることだ。

人生を満たすのは挑戦だ。

満足している人には、優越感も劣等感も生まれない。

挑戦を続けて学ぶ人は青く輝いている。

しっかりやれ」と、エールを贈ってくれた。

水上は、ありがとうございます、とお礼を述べ、

「年相応、嫌な思いをすることもありますが、前を向いて、青い時代を走ります。そして、代わりがない私と生きる人のため、その時間を大切にします」と、元気に答えた。

水上の言葉に、町畑は満足げに頷いた。


ゴトンと音がした。

電車が大きく揺れた。

水上は目が覚めた。

あとがき

定年退職が近づくと、書店の棚に並んでいる関連本が気になるようになりました。
先輩たちのその後や、同年代の様子も他人事ではなくなりました。
気がついたことがあります。
定年を迎えても、現役そのままに輝いている人がいます。
その一方で、不満足と同居して、とても辛そうな人たちもいます。
社会人の始まりはみな、同じでした。誰もが夢と志を抱いていたはずです。
ところが、現在地だけでなく、これからの住所も違っています。
何故、こうした違いが生まれたのだろうか。
人生の定理のようなものがあるのだろうか。
それが本作の執筆動機となりました。
それは幼児期の親との接し方から生まれ、個々の社会的感情との向き合い方に導かれた結果でもあります。

そして何よりも、社会に必要とされ、青く輝いている人には、学び続けているという共通点がありました。

そうした人の原点は、憧れを人生の羅針盤として、初心を思い続けていることです。

人生百年、再雇用も一般的になっていますが、定年とはいつか熟柿になるために、初心へと戻る道標だとも思います。

ここからは、経験を積んだ分だけ助走もつきます。


本作は定年世代のみならず、全ての社会人、就職を控える学生さんへの応援歌として出版させていただきました。執筆前に、学び直しのためにと、受講させていただいたリカレント教育での授業が大変参考になりました。

出版には、株式会社文芸社出版企画部の小野幸久様、編集部の小林智之様の多大なご支援・ご指導を賜りました。

お二人に巡り合うことができて、とても幸せです。

今後も、社会人への応援歌を、お二人と歌うことができればと思っています。

著者プロフィール

柴田 浩幸（しばた ひろゆき）

1960年生まれ。岐阜県出身。会社員

十八十色　青柿

2022年 9 月15日　初版第 1 刷発行

著　者　柴田 浩幸
発行者　瓜谷 綱延
発行所　株式会社文芸社
〒160-0022 東京都新宿区新宿1－10－1
電話 03-5369-3060（代表）
03-5369-2299（販売）

印刷所　図書印刷株式会社

ISBN978-4-286-23932-3